Ayakashi Koi Emaki

– Le Manuscrit des illusions –

MAYU SHINJO

1

Ayakashi Koi Emaki
– Le Manuscrit des illusions –

PURIFIEZ LE CIEL
LA TERRE
L'INTÉRIEUR, L'EXTÉRIEUR
LES SIX RACINES DE LA VIE
Ô DIEUX...
TOUS PUISSANTS...
TAP
CHASSEZ... LES DÉM...
MIIKO !!

OOH, MIIKO, C'EST TERRIBLE, KAGURA M'A ENCORE TROMPÉE !!
...
JE ME SUIS RENDUE DANS SA CLASSE POUR LUI DEMANDER DE FAIRE LA ROUTE AVEC MOI APRÈS LES COURS...
ET JE L'AI SURPRIS EMBRASSANT UNE AUTRE FILLE !
AAH, LE PORC, JE SUIS VERTE !
OUIIIIN
SHINO... CE TEMPLE N'EST PAS UN BUREAU DES PLAINTES...
ET PUIS, JE SUIS OCCUPÉE, LÀ...
REVIENS PLUS TARD. POUR LE MOMENT, JE DOIS...
JE SUIS SÛRE QU'IL EST POSSÉDÉ PAR UN DÉMON !

COMMENT ?
EH BIEN… IL PASSE SANS ARRÊT DE FILLE EN FILLE ET ÉVITE LE PLUS POSSIBLE LA COMPAGNIE DES AUTRES HUMAINS…
POURQUOI NE PAS ME L'AVOIR DIT PLUS TÔT ? PARLE, OÙ EST-IL, CE SALE TYPE ?
EUH… ENCORE AU LYCÉE, JE PENSE…
SOIS TRANQUILLE, SHINO, JE VAIS L'EXORCISER SUR LE CHAMP !
HEIN ?
EUH… ATTENDS, MIIKO !

ELLE M'A PRISE AU SÉRIEUX ?
MA FAMILLE PROTÈGE LE TEMPLE OOTSUBAKI DEPUIS DES GÉNÉRATIONS...
C'EST PEUT-ÊTRE GRÂCE À ÇA QU'ELLE A DÉVELOPPÉ LE POUVOIR DE VOIR LES CRÉATURES OCCULTES...
D'AILLEURS, MON PÈRE PASSE PLUS DE TEMPS À PRATIQUER L'EXORCISME QU'À TRAVAILLER AU TEMPLE...
MOI, MALHEU-REUSE-MENT...
FLAP
MONTRE-TOI, MONSTRE MALFAISANT !
CETTE SENSATION...
MIAOU
ERREUR... SUR TOUTE LA LIGNE...
JE SUIS LA SEULE DE LA FAMILLE À NE PAS AVOIR HÉRITÉ DE CE DON...
MIAOU
MIAOU

OH, ON PEUT VIVRE HEUREUSE SANS, BIEN SÛR...
SAUF QUE JE RÊVE DE DEVENIR GRANDE PRÊTRESSE ET DE SUCCÉDER À MON PÈRE...
TU CONNAIS UN DÉNOMMÉ KAGURA ?
OUI... IL EST AVEC YUI !
KAGURA ? IL EST AVEC RINA...
IL EST PARTI VOIR CHINATSU, PAR LÀ...
MEG ET LUI SONT ALLÉS DE CE CÔTÉ...
IL AIME LES FILLES PLUS QUE LA NORMALE..
PAS DE DOUTE, C'EST UN ESPRIT DU MAL...
MIIKO, ÉCOUTE-MOI, TU TE TROMPES !
PFIOU, JE T'AI ENFIN RATTRAPÉE...
RÉJOUIS-TOI, SHINO, JE VAIS METTRE UN TERME À SA CARRIÈRE !
MAIS PUISQUE JE TE DIS QUE...
À NOUS DEUX, DÉMON !
VLAN
MIIKO, NON !!

C'EST LUI... KAGURA ?
AAH, TU EMBRASSES UNE AUTRE FILLE !
ORDURE, JE NE TE LE PARDONNERAI JAMAIS !
TU N'AS PAS CHOISI L'HÔTE LE PLUS MOCHE, BIEN JOUÉ, DÉMON !

HÉ SHINO... JE CROIS QU'IL Y A UN MALENTENDU...
JE NE T'AI JAMAIS PROMIS QUE JE NE SORTIRAIS QU'AVEC TOI...
JE CONTRÔLE PLUS FACILEMENT TON CORPS QUE TON CARACTÈRE...
MÉCHANT...
IL EST DÉGUEULASSE...
SINON, C'EST QUI CETTE COSPLAYEUSE ?!

TU FAIS BIEN DE LE DEMANDER !
JE SUIS MIIKO TSUBAKI, LA 43e GRANDE PRÊTRESSE DU TEMPLE OOTSUBAKI !
MOI, JE NE LA CONNAIS PAS...
JE SUIS VENUE T'EXORCISER !
HEIN ?
TU ES POSSÉDÉ PAR UN INCUBE, UN DÉMON QUI SE NOURRIT DE L'AMOUR DES FILLES !
QU'EST-CE QUE TU RACONTES ?!

JE DOIS T'EN DÉBARRASSER AVANT QU'IL NE PRENNE LE CONTRÔLE TOTAL DE TON CORPS ET...
HÉ HÉ HÉ
UN DÉMON, EN MOI ?
C'EST QUOI CE DÉLIRE ?
T'ES TROP DRÔLE...
MAIS DIS-MOI... SI JE COUCHE AVEC UNE FILLE...
IL SERA RASSASIÉ ET S'EN IRA, NON ?
ÇA TE DIRAIT QU'ON ESSAIE ?
SSS

CLAC
?
FLAMME SACRÉE, EAU BÉNITE...
Ô GRANDS DIEUX DE LA MONTAGNE...
ARRÊTE, MIIKO, JE SUIS MORTE DE TROUILLE !
BRR
DE PAR L'INCANTATION SHINTO LA PLUS PRÉCIEUSE...
PURIFIEZ LES ÂMES...
LIEZ CE MAUVAIS ESPRIT À LA TERRE...

PAF
CHASSEZ LES DÉMONS !
IL A... DISPARU ?

HÉ, OÙ EST KAGURA, QU'AS-TU FAIT DE LUI ?
HEIN... JE NE SAIS PAS... MOI NON PLUS JE NE...
MAIS ALORS... C'ÉTAIT VRAIMENT UN DÉMON ?
QUOI ?!
HYAAAH
AH... ATTENDS, SHINO !
QU'EST-CE QUE JE VAIS FAIRE ?
IL A DISPARU CORPS ET ÂME...
VLIP
HÉ, CE N'EST PAS DRÔLE !
VLOP
SORS DE TA CACHETTE !
AUCUNE TRACE DE LUI...
QU'EST-CE QUI S'EST PASSÉ ?

JE SUIS VRAIMENT LA PLUS NULLE DES PRÊTRESSES !!
OUIIN
QU'EST-CE QUE JE VAIS DEVENIR ? J'AI FAIT DISPARAÎTRE UN ÊTRE HUMAIN, PAPA !!
TU AS RÉUSSI...
CETTE VOIX !
COMMENT AS-TU SU QUI J'ÉTAIS ?
ET COMMENT... T'ES-TU SI FACILEMENT JOUÉE DE MA FORCE...
QUI ES-TU ?
TAP TAP

PLOF
...
RENDS-MOI MA FORME INITIALE VITE FAIT. SINON TU LE REGRETTERAS !
AH, QU'EST-CE QUE TU FAIS ?
OUAAAH !
AAAH !
FLAP

QU'EST-CE QUE C'ÉTAIT ?
UN DÉMON ?
COMMENT... AS-TU DÉCOUVERT MA VRAIE NATURE ?
J'AVAIS POURTANT PARFAITEMENT EFFACÉ MON AURA... EN PLUS, TU M'AS CHANGÉ EN GNOME !
TU VEUX DIRE QUE... C'EST MOI QUI T'AI TRANSFORMÉ ?
QUI VEUX-TU QUE CE SOIT, IDIOTE ?
!
ARGH
AAAH
C'EST UN DÉMON AUSSI ?
NIARK
ALORS... C'EST MOI QUI T'AI RÉDUIT À L'IMPUISSANCE ?
JE SAVAIS BIEN QUE J'AVAIS UN TALENT CACHÉ !
ÇA ALORS !
PEU IMPORTE. DÉPÊCHE-TOI DE ME RETRANSFORMER !

PAS QUESTION !
POUR-QUOI ?
JE SUIS DU GENRE À M'ENLAIDIR TRÈS VITE SI JE NE TOUCHE PAS UNE FILLE !
JE NE LEUR FAIS AUCUN MAL ET JE NE VOLE PAS LEUR ÂME, JE TE JURE !
JE ME CONTENTE DE LES [redacted] OU LEUR FAIRE DES [redacted] !
ÉVITE DE PARLER COMME ÇA AVEC CETTE APPARENCE, C'EST RÉPUGNANT...
RETRANS-FORME-MOI ! RETRANSFORME-MOI !!
SINON JE FAIS UN GROS CAPRICE !
PAF
PAF
EN FAIT, J'AI OUBLIÉ QUELLE INCANTATION J'AI UTILISÉE !
MAIS... JE NE PEUX PAS LUI DIRE...
ATTENTION, DERRIÈRE TOI !

QUOI ?!
DERRIÈRE TOI, IDIOTE ! TU NE VOIS DONC RIEN ?
DER-RIÈRE ?
BEN, IL N'Y A RIEN DU TOUT...
HEIN ?!

TU NE LE... VOIS PAS ?
TU NE LE SENS PAS ?
MAIS ALORS... COMMENT M'AS-TU...
SALUT, KAGURA...
TE VOILÀ DANS UN BIEN TRISTE ÉTAT...
TOI QUI TE PRÉTENDAIS LE PLUS PUISSANT, LAISSE-MOI RIRE...
C'EST ELLE QUI T'A CHANGÉ COMME ÇA ?
QU'EST-CE QU'IL Y A ?
ELLE N'A POURTANT PAS L'AIR TRÈS FORTE...
NE TOUCHE PAS...
À CETTE FILLE...

SI JE LA DÉVORE...
ÇA ME DONNERA PEUT-ÊTRE UN POUVOIR SUPÉRIEUR AU TIEN !
JE NE TE LAISSERAI PAS FAIRE !
POUF
OUAAH !
SPAF
KAGURA ?
OUH...
HA HA HA HA, PAUVRE PETIT KAGURA...

KAGURA, QU'EST-CE QUE TU AS ?
RÉPONDS-MOI !
KAG...
JE VAIS DEVENIR LE PLUS PUISSANT DES DÉMONS !
OH, C'EST DONC TOI QUI AS ATTAQUÉ KAGURA ?
EN DÉVORANT CETTE FILLE, JE DEVIENDRAI PLUS FORT !
JE LE SENS...
JE L'ENTENDS...

JE LE VOIS…
OUAH, IL EST ENCORE PLUS MOCHE QUE JE NE LE PENSAIS !
QUELLE HORREUR !
QUAND TU ME TOUCHES, MON POUVOIR TE PERMET DE VOIR LES MONSTRES !
ELLE A DIT QUE J'ÉTAIS MOCHE À NOTRE PREMIÈRE RENCONTRE !
HEIN, C'EST VRAI ?
ALORS NE ME LÂCHE PAS !
EUH… BIEN ENTEN-DU…
SUIS-JE VRAIMENT SI AFFREUX QUE ÇA ?
LE MIEUX SERAIT QUE TU ME GAR-DES DANS L'ENCOLURE DE TA ROBE…
…
D'ACCORD, MAIS C'EST JUSTE BON POUR UNE FOIS, COMPRIS ?
YOUPI !!

MAINTENANT QUE JE TE VOIS, ÇA VA ÊTRE UN JEU D'ENFANT !
J'AI ÉTUDIÉ LONGUEMENT LES NOMS ET TOUTES LES PARTICULARITÉS DES MONSTRES ET DES DÉMONS…
BIEN SÛR, IMPOSSIBLE DE T'IDENTIFIER SANS TE VOIR…
JE SAIS QUI TU ES, FEU FOLLET !
MAIS MAIN-TENANT, C'EST RÉGLÉ…
ET JE VAIS TE PUNIR !
FLAMME SACRÉE, EAU BÉNITE, VENT DIVIN…
PURIFIEZ LE CIEL ET LA TERRE, PRÊTEZ-MOI VOTRE FORCE…

CHASSEZ LE DÉMON !
OUAAH !
IL EST PARTI...
J'AI CHASSÉ... CE MONSTRE...
INCROYABLE...
C'EST FABULEUX...
C'EST FANTASTIQUE, KAGURA !
GRÂCE À TOI, J'AI...

FFFH
KAGURA ! KAGURA, RÉPONDS-MOI !!
HUM ?

TU REVIENS À TOI ?
JE T'AI AMENÉ... AU TEMPLE !
LE TEMPLE ?
HUM
!
QU'EST-CE QUE C'EST QUE ÇA ?
TES HABITS ÉTAIENT SALES ET DÉCHIRÉS, J'AI DÛ TE CHANGER...
HEUREUSEMENT QUE J'AVAIS ENCORE MA POUPÉE MIKA, HEIN ?
T'AS VU, ELLE EST NUE !
...
MAIS... POUR ME CHANGER, IL A FALLU QUE TU ME DÉSHABILLES !
ELLE M'A MÊME MIS LA CULOTTE DE MIKA !

AUTREMENT DIT... MÊME LA PARTIE INFÉRIEURE DE MON CORPS A ÉTÉ RÉDUITE ?!
SNIF
MON OUTIL DE TRAVAIL... SNIF...
SNIF
?
BON, ÇA VA COMME ÇA, RETRANS-FORME-MOI, MAINTE-NANT !
L'ATTAQUE DE CE MONSTRE NE T'A PAS SUFFI ?
TU M'AS PRIVÉ DE MON PUISSANT POUVOIR...
LES AUTRES MAUVAIS ESPRITS VONT VOULOIR PROFITER DE MA FAIBLESSE... OU TE VOLER TON POUVOIR, COMME TOUT À L'HEURE !
NE T'EN FAIS PAS !
J'AI L'HABITUDE DE CHANGER LES COUCHES DU BÉBÉ DE MA COUSINE
BÉBÉ ?
AAAH !

SI TU ME RENDS MA VRAIE FORME...
JE NOUS DÉBARRASSERAI D'EUX EN UN CLIN D'ŒIL...
JE TE L'AI DÉJÀ DIT, C'EST NON... POUR ÊTRE FRANCHE, JE NE PEUX PAS...
POURQUOI ? TU VEUX PASSER TON TEMPS À FUIR LES MONSTRES ?
EN FAIT, J'AI OUBLIÉ DE QUELLE FORMULE JE ME SUIS SERVIE...
HA HA HA HA
!
... HA... HA HA
...
POC POC
MAIS TU ES VRAIMENT DÉBILE ! TU ES SÛRE D'ÊTRE UNE PRÊTRESSE ?
HÉ, JE N'Y PEUX RIEN ! JE NE SAVAIS PAS À QUI J'AVAIS AFFAIRE, ALORS J'AI SORTI LE PREMIER TRUC QUI ME PASSAIT PAR LA TÊTE !

DIRE QUE J'AI CETTE APPARENCE MINABLE...
À CAUSE DE TA BÊTISE...
OUAIS, JE TE PLAINS...
NE TE MOQUE PAS DE MOI !
DÉSO-LÉE !
BON, TÂCHE DE RASSEMBLER TES SOUVENIRS EN VITESSE, EN ATTENDANT, JE...
VLLIIP
JE TE PROTÉGERAI...
DES AUTRES DÉMONS...
BOUH
HÉ... TU TE SENS BIEN ? TU AS FAIM, PEUT-ÊTRE ?
JE SUIS À BOUT DE FORCES...

VOUDRAIS-TU... ME CARESSER LE CRÂNE ?
HEIN ?
LES INCUBES PUISENT LEUR ÉNERGIE DANS LES CÂLINS
EUH... COMME ÇA ?
FROT
FROT
HUM OUI, C'EST AGRÉ-ABLE !
LES JOUES AUSSI...
POF
POF
OH OUI, LÀ...
IL GAGNE VRAIMENT DE L'ÉNERGIE DE CETTE MANIÈRE ?
OH !

UNE SECONDE... JE SUIS EN TRAIN DE DONNER DE L'ÉNERGIE À UN DÉMON ?
J'ÉTAIS ATTENDRIE, DU COUP, JE L'AI TRAITÉ COMME MIKA !
PUISQUE TU PEUX MARCHER, VA-T'EN !
JE TE LAISSE LA VIE, POUR CETTE FOIS...
TU ME JETTES DEHORS, DANS CETTE TENUE ?
C'EST MÉCHANT...
SNIF
POUVOIR SPÉCIAL DES INCUBES = L'ATTAQUE DES LARMES
...

BON... JE VAIS T'ENFILER D'AUTRES VÊTEMENTS, ALORS...
LÀ N'EST PAS LA QUESTION !
OUAAH !
Y'A DES TRUCS BIZARRES PLEIN MA FENÊTRE !!
DES DÉMONS... ILS SE SONT RASSEMBLÉS ICI, COMME JE LE CRAIGNAIS...
MAIS NE T'INQUIÈTE PAS... LA BARRIÈRE SPIRITUELLE DU TEMPLE LEUR INTERDIT L'ENTRÉE...
OH, C'EST VRAI... J'AI PU LES VOIR PARCE QUE JE TOUCHAIS KAGURA...

TU AS BESOIN DE ME TOUCHER POUR LES VOIR...
AUTREMENT DIT, SANS MOI, TU FAIS UNE CIBLE FACILE
...
MAIS DIS-MOI... POURQUOI EST-CE QUE JE TE VOIS, TOI ?
TOI AUSSI, TU ES UN DÉMON, APRÈS TOUT !
C'EST UNE QUESTION DE PUISSANCE... JE SUIS LE PLUS FABULEUX DES DÉMONS ET SANS DOUTE, LE PLUS BEAU AUSSI...

SOUS CETTE FORME, JE SUIS ENCORE CAPABLE D'ÉLOIGNER LE MENU FRETIN...
SACHANT CELA, TIENS-TU TOUJOURS À ME CHASSER ?
PUIS-JE LE CROIRE ? PUIS-JE CROIRE AUX PAROLES D'UN DÉMON ?
EN CAS DE PROBLÈME... JE TE PROTÉGERAI DE MON MIEUX !
...
TU AS OUBLIÉ UN INSTANT QUE TU ÉTAIS RÉDUIT À LA TAILLE D'UNE POUPÉE, HEIN ?
À TE VOIR JOUER LES HÉROS SÉDUCTEURS !
ARGH !
NE M'EN PARLE PAS, JE N'ARRIVE PAS À M'Y FAIRE !
ZUT, DIRE QUE JE PENSAIS L'AVOIR CONVAINCUE...
HI HI

IL S'EST PASSÉ TANT DE CHOSES... AUJOURD'HUI...
DIRE QUE PAPA, MAMAN, GRAND-PÈRE ET GRAND-MÈRE VOIENT CES MONSTRES !
JE VOULAIS DEVENIR COMME MON PÈRE... MAIS EN SERAI-JE CAPABLE ?
Y A-T-IL BEAUCOUP D'AUTRES DÉMONS QUI, COMME KAGURA PEUVENT SE FONDRE PARMI LES HUMAINS SANS QU'ON S'EN DOUTE ?
ZZZZ
HI HI...
POUR L'INSTANT, JE VAIS LE CROIRE...
AH, POURQUOI RIS-TU ?
IDIOTE DE PRÊTRESSE !
TAIS-TOI OU JE TE METS À LA PORTE !
HEIN ?!

JE ME SENS SI FAIBLE...
SI ÇA CONTINUE, JE NE POURRAI MÊME PAS M'OCCUPER DU MENU FRETIN...
ET QUE VA-T-IL M'ARRIVER... MAINTENANT ?
MIIKO...
NE M'EN VEUX PAS, SURTOUT !
...
TRESSE...
PRÊ-TRESSE...
PRÊ-TRESSE...
JE M'AP-PELLE MIIKO !

MIIKO...
C'EST TOI... KAGURA ?
COMMENT ES-TU REDEVENU TOI-MÊME ?
EH BIEN... NOUS SOMMES DANS UN DE TES RÊVES...
UN RÊVE ?
NOUS AUTRES, INCUBES, SOMMES AUSSI APPELÉS DÉMONS DES RÊVES...
NOUS APPARAISSONS DANS LES SONGES ET CONTRÔLONS LES PENSÉES...

ENFIN, ÇA NE SERT À RIEN QUE JE T'EXPLIQUE...
CAR TU AURAS TOUT OUBLIÉ À TON RÉVEIL...
BON, DONNE-MOI DE L'ÉNERGIE...
DE L'ÉNERGIE ? JE T'EN AI DONNÉ TOUT À L'HEURE !
CETTE DOSE NE CONVENAIT QU'À UN ENFANT...
SOIS PLUS DOUCE... ET J'OBTIENDRAI PLUS DE PUISSANCE...
DONNE-MOI LE POUVOIR SUPRÊME...
DONNE-MOI TOUT CE QUE TU AS...

EN ÉCHANGE... JE T'OFFRIRAI DU PLAISIR...
KAGURA...
IL A RAISON...
C'EST... AGRÉABLE...

CL
AC
BATAM
HUM ?
QU'EST-CE QU'IL Y A, MIIKO ?
HUM HUM
IL EST TÔT...
!

ESPÈCE D'ENFOIRÉ, TOUT À L'HEURE...
QU'EST-CE QUE TU... M'AS FAIT...
COMMENT ÇA ? NE PRENDS PAS TES RÊVES POUR DES RÉALITÉS, HEIN !
?
?
?
JE NE SAIS PAS CE QUI S'EST PASSÉ, MAIS C'ÉTAIT TRÈS GÊNANT !
JE ME SENS TERRIBLEMENT HONTEUSE. MAIS POURQUOI ?
HI HI

TU AS L'AIR D'AVOIR LA PÊCHE...
CONTRAIREMENT À MOI...
HI!
AH... OUI ?
BONJOUR, MAMAN...
BONJOUR MIIKO, TU TE LÈVES TÔT, DIS DONC...
OÙ EST PAPA ?
PAF
À SENDAI, EN VOYAGE D'AFFAIRE !
AÏE AÏE AÏE !

ON DIT QU'UN SERPENT HAUT DE TROIS ÉTAGES A FAIT SON APPARITION LÀ-BAS...
HUM...
MAIN-TENANT, JE COM-PRENDS COMBIEN CE TRA-VAIL EST DIFFICILE...
C'EST SÛREMENT UN SERPENT À HUIT TÊTES !
TON PÈRE LUTTE CONTRE DES CRÉATURES PAREILLES ?
LA FERME, LA MAS-COTTE !
...
TIENS ? MIIKO...
SNIF
SNIF
QU'Y A-T-IL, MAMAN ?
JE SENS L'ODEUR D'UN DÉMON AUTOUR DE TOI !
MAIS COMMENT SERAIT-IL ENTRÉ ?
OUAH, ELLE EST VRAIMENT DOUÉE !

AAAAH !!
MAIS NE T'EN FAIS PAS, MIIKO... IL EST MINUSCULE... CE N'EST VRAIMENT PAS GRAND-CHOSE...
ARRÊTE DE DÉPRIMER, LA MASCOTTE !
...
LA FORÊT EST AGITÉE CES DERNIERS TEMPS...
J'AI L'IMPRESSION QUE LES ESPRITS S'Y RÉUNISSENT... EN NOMBRE...
POURVU QUE TON PÈRE RENTRE VITE...
J'AVAIS RAISON, LA SITUATION EST ANORMALE...

IL FAUT VRAIMENT QUE JE FASSE QUELQUE CHOSE !
JE VAIS ESSAYER DES FORMULES AU HASARD...
ACHIMÉ OH OH OH
TOYOHIRU-MEGA MITA-MAHOSU MOTOHA-KACHIHOKO SUEHAKA-CHIHOKO
DE PAR L'INCANTATION SHINTO LA PLUS PRÉCIEUSE !
AUCUN EFFET
...
RATÉ... TU N'AS PAS GRANDI D'UN CENTIMÈTRE...
EST-CE QUE TU FAIS VRAIMENT DE TON MIEUX ?
BIEN SÛR, QU'EST-CE QUE TU CROIS ?
ÉVIDEMMENT, SI UNE FORMULE AUSSI DÉBILE POUVAIT ABATTRE UN DÉMON, NOUS AURIONS CHANGÉ DE MÉTIER DEPUIS LONGTEMPS !
MAIS SI ÇA NE TE CONVIENT PAS, APRÈS TOUT, RIEN NE M'OBLIGE À TE RETRANSFORMER !
QU'EST-CE QUE TU RACONTES ? TU NE BATTRAIS MÊME PAS UN MINUS À TOI SEULE !
DANS CE CAS, FAIS-MOI UNE PROMESSE !

SI JE TE RENDS TA VRAIE FORME...
TU NE POSERAS PLUS LA MAIN SUR D'AUTRES FILLES...
MIIKO...
TU ES TOMBÉE AMOUREUSE DE MOI ?
C'EST DE LA JALOUSIE ?
QUOI, QUELLE IDÉE ! C'EST JUSTE QUE JE NE VEUX PLUS VOIR DE FILLES TRISTES À CAUSE DE TOI...
PFF
DÉSOLÉ, MAIS C'EST IMPOSSIBLE !!
QUOI ?
JE TIRE MON ÉNERGIE DES SENTIMENTS DES FILLES. J'EN AI BESOIN POUR VIVRE...

AH, VRAIMENT ? ALORS JE CROIS QUE JE N'AI PAS D'AUTRE CHOIX QUE DE TE LAISSER MOISIR SOUS CETTE FORME POUR TOUJOURS !
BON, C'EST D'ACCORD, MAIS À UNE SEULE CONDITION...
SI JE NE PEUX PLUS TOUCHER UNE AUTRE FILLE...
TU ME LAISSE-RAS TE...
ME ?
...
JE PRÉFÈRE NE RIEN AJOUTER...
HEIN ?!
DE QUOI PARLES-TU ? SOIS PLUS CLAIR !
N'INSISTE PAS, C'EST TROP DÉLICAT À DIRE, SOUS CETTE FORME !

CE N'EST PAS LE MOMENT DE TE FAIRE PRIER, HEIN !
NON, MAIS IL Y VA DE MON HONNEUR D'ESPRIT. ALORS, RENDS-MOI MA FORME NORMALE, ON VERRA APRÈS !
DIS-MOI TA CONDITION AVANT !
JE TE DIRAI TOUT QUAND JE SERAI REDEVENU MOI-MÊME !!
PFF
C'EST SI VITAL POUR LUI DE TOUCHER DES FILLES ?
MIIKO !
QU'EST-CE QUE TU AS ? TU N'ES PAS DANS TON ASSIETTE DEPUIS CE MATIN...
SHINO...
J'AI EU QUELQUES ENNUIS APRÈS LA DISPARITION DE KAGURA...
?

"KAGURA",
QUI EST-CE ?
HEIN ?!
HÉ… TU NE TE SOUVIENS PAS ? CE PETIT AMI QUI…
PETIT AMI ?
AH, MAIS ALORS ! TU T'ES ENFIN TROUVÉ UN PETIT AMI, MIIKO ?
EUH… NON, CE N'EST PAS…
AH BON ? OH, QUEL DOMMAGE…
ELLE NE S'EN SOUVIENT PAS ?
J'AI EFFACÉ SA MÉMOIRE…

JE COMPTAIS LE FAIRE APRÈS M'EN ÊTRE SERVI DE TOUTE MANIÈRE...
...
JE SAVAIS BIEN QUE TU ÉTAIS NUL !
BATAM
HÉ... POURQUOI TE FÂCHES-TU ?
TU ES LE PIRE ENNEMI DES FILLES ! QUAND TU AURAS RETROUVÉ TA FORME, JE TE FERAI DISPARAÎTRE POUR DE BON !
QUOI ?
HUMPF !
HÉ, ATTENDS ! NE PARS PAS SANS MOI !
DÉTACHE-MOI DE LÀ !!

ELLE ÉTAIT SI GENTILLE DANS SON RÊVE...
C'EST VRAIMENT UNE POUPÉE ?
QU'ELLE EST MIGNONNE !
C'EST QUOI ?
FANTASTIQUE !
INCROYABLE !
PFF...
TAC
TAC
MI-I-KO...
OÙ-VAS-TU ?
TAC
MI-I-KO !
AUX-TOI-LETTES ?!
OUAAH !
POURQUOI SUIS-JE SI FÂCHÉE ?
JE ME SENS BIZARRE DEPUIS TOUT À L'HEURE... EST-CE QUE J'AURAIS DES SENTIMENTS POUR UN DÉMON ?

VRR
HEIN ?
IL Y A QUELQUE CHOSE PAR LÀ ?
HIN HIN HIN HIN HIN
HIN HIN HIN

QUOI ?
JE NE VOIS RIEN... JE NE SENS RIEN !
KAGURA !
KAGURA...
KAGURA...
AIDE-MOI !

SBAM
K...
KAGURA !

NE T'ÉLOIGNE PAS AUTANT DE MOI ! TU VEUX MOURIR OU QUOI ?
OH... PARDON...
MERDE...
J'AI GASPILLÉ TELLEMENT D'ÉNERGIE POUR ME DÉTACHER DE TON SAC...
HÉ... ILS SONT NOMBREUX CETTE FOIS...
TU NE LES VOIS PAS, MAIS ILS SONT LÀ...
TOUCHE-MOI VITE POUR POUVOIR LES FAIRE FUIR !
EUH... OUI...

QUOI ?
QU'EST-CE QUE...
HYAAH...
QU'EST-CE QUE J'AI FAIT AVEC KAGURA ?
MIIKO ?

IDIOTE !
NE VA PAS PAR LÀ !
REVIENS !
OH...
KAGURA
VITE !
MIIKO !

BOUM
CE SONT MES PROIES...
DISPARAISSEZ, CRÉTINS...

CELA FAISAIT LONGTEMPS... KAGURA !
COMME TU ES DEVENU MIGNON...
MÊME MOI, JE LE VOIS !
TU ES...
KATORI !

Ayakashi Koi Emaki
– Le Manuscrit des illusions –

Mayu Shinjo

Le Manuscrit des illusions a d'abord été publié dans le magazine *Margaret*. La série voit aujourd'hui le jour en format de poche. Voici donc le premier tome qui sera suivi par... le deuxième, bien sûr ! Nous pensons pouvoir avancer à raison d'un tome par an. Je vous demande donc à tous un peu de patience.
C'est toujours avec énormément de joie que je me mets à ma table de travail pour ce manga. Dessiner le Kagura diminué, quel plaisir ! J'espère que vous avez vous aussi les mêmes sensations... (Yeah !!!) Jamais de la vie je n'aurais imaginé qu'une telle série pourrait un jour être publiée en format de poche. Mais sachez que rien de tout ça n'aurait été possible sans votre soutien ! Merci infiniment à vous tous. Dans la suite de ces bla-bla, vous pourrez lire un petit compte-rendu de la session d'enregistrement de la série dans sa version VOMIC[1].

[1] NdE : Contraction de *voices* et *comic*. Montage vidéo d'un manga superposant des voix d'acteurs sur le dessin.

UN INCUBE ?
COMME KAGURA…
POURTANT… JE LE VOIS…
CE QUI VOUDRAIT DIRE… QU'IL POSSÈDE UN POUVOIR SUPÉRIEUR ?
MAIS ALORS…
KA... GURA...
KA... GURA...
JE CROYAIS QU'IL N'Y AVAIT PAS DE DÉMON PLUS BEAU ET PUISSANT QUE TOI !
TU CROIS QUE C'EST LE MOMENT DE PARLER DE ÇA ?
HEIN ?!

TU ES SÉRIEUSE ? CE GENRE DE TYPE TE PLAÎT ?
JE... JE N'AI PAS DIT ÇA...
...
POURTANT TU VIENS DE DIRE QUE TU LE TROUVAIS PLUS BEAU QUE MOI !
EUH... BON, C'EST VRAI... PEUT-ÊTRE QU'IL ME PLAÎT, MAIS...
OUAH, LE MAUVAIS GOÛT !
DITES... VOUS FAITES UN PEU ATTENTION À MOI ?
OH !
DÉSOLÉE
HÉ, KATORI !
QUE DIABLE ES-TU VENU FAIRE ICI ?
EH BIEN... UNE RUMEUR COURAIT DANS NOTRE MONDE...
DISANT QU'UNE JEUNE PRÊTRESSE ÉTAIT PARVENUE À SCELLER LE POUVOIR DU PUISSANT DÉMON QUE TU ÉTAIS...
ILS PARLENT TOUS DE SAISIR LEUR CHANCE DE PRENDRE TA PLACE

TU IMAGINES BIEN QUE JE N'ALLAIS PAS LAISSER PASSER CETTE OCCASION...
DE DEVENIR LE PLUS PUISSANT DES DÉMONS... QUANT À CETTE FILLE...
MIIKO, SURTOUT, NE RESPIRE PAS SON PARFUM !
QU...
ÉCOUTE-MOI, TU DOIS FUIR, VITE !
EUH... ENTENDU...

TU FUIS DEVANT L'ENNEMI ?
ÇA NE TE RESSEMBLE PAS. QUELLE HONTE...
LE PUISSANT INCUBE KAGURA N'EST-IL PLUS QUE L'OMBRE DE LUI-MÊME ?
QU'EST-CE QUE TU RACONTES ?
JE NE PEUX PAS TE LAISSER DIRE N'IMPORTE QUOI !
IDIOTE ! POURQUOI TE METS-TU EN COLÈRE ?
FFH

FFH
QU'EST-CE QUE C'EST ? CE PARFUM EST SI DOUX…
CETTE ODEUR EST EXQUISE…
CE PARFUM EST SANS NUL DOUTE POSSIBLE…
OUI… C'EST CELA…
C'EST CELUI DE… MON PRINCE CHARMANT
HA HA HA HA, ALLONS, VIENS !
HÉ, JE NE SAIS PAS CE QUE TU VOIS, MAIS C'EST UNE ILLUSION !

TU T'ES SERVI D'UN PARFUM D'ENVOÛTEMENT...
JE N'ENTENDS PAS MA PUISSANCE D'INCUBE DANS LE MÊME SENS QU'UNE BRUTE COMME TOI...
ALLONS...
VIENS PAR ICI...
OFFRE-MOI TA FORCE
MIIKO, N'APPROCHE PAS DE LUI, REPRENDS TES ESPRITS !
NE VOIS-TU PAS QU'IL SE SERT DE TOI, MIIKO ?
VIENS !
MIIKO !

FLISH
OH !
HEIN ?
JE...
PARDONNE-MOI MON RETARD, MIIKO...
PAPA !
MAIS... TU ES...
TSUBAKI, DU TEMPLE OOTSUBAKI !

EN EFFET !
ET JE SUIS VENU POUR T'EMPÊCHER DE NUIRE, INCUBE !
AH...
PURIFIEZ LE CIEL
LA TERRE
L'INTÉRIEUR, L'EXTÉRIEUR
KAGURA, JE TE FERAI DISPARAÎTRE, DE MES MAINS !
MERDE... JE PARS, MAIS NOUS NOUS REVERRONS !
...
C'EST JURÉ !

JE VOIS... JE COMPRENDS POURQUOI TU AS DES TRACES DE DÉMONS TOUT AUTOUR DE TOI...
OUI... MAIS JUSQU'À MAINTENANT, J'AI PU M'EN CHARGER SEULE...
IL SEMBLE QUE JE SOIS CAPABLE DE VOIR CERTAINS DÉMONS MÊME SANS TOUCHER KAGURA...
QU'EST-CE QUE JE DOIS FAIRE ?
KAGURA DOIT RETROUVER SA FORME ORIGINELLE... D'AUTRES DÉMONS PLUS FORTS POURRAIENT SURGIR...
ET POURQUOI FAUDRAIT-IL LUI RENDRE SA VÉRITABLE FORME ? CE NE SONT QUE DES MONSTRES MALÉFIQUES...
NOUS FERIONS MIEUX DE TROUVER UN MOYEN EFFICACE POUR REPOUSSER TOUS LES DÉMONS
MAIS ALORS, ET KAGURA...
QU'EST-CE QU'ON VA FAIRE DE LUI ?
QUELLE IMPORTANCE ? QU'IL DISPARAISSE !

C'EST SANS DOUTE LA MEILLEURE SOLUTION...
NON !
JE NE VEUX PAS QU'IL DISPARAISSE !
MIIKO...
KAGURA M'A PROTÉGÉE...
IL L'A FAIT SANS PENSER AU DANGER !

LES DÉMONS SONT PEUT-ÊTRE DES CRÉATURES MALÉFIQUES...
MAIS... JE NE VEUX PAS QUE KAGURA DISPARAISSE !
IL N'EN EST PAS QUESTION !
MIIKO...
...
PLOP PLOP
C'EST ASSEZ CHAUD ?
OUI...

...
DIS... MIIKO...
OUI ?
D'ABORD, ARRÊTE DE ME RELUQUER !
JE SUIS DÉSOLÉ... JE DOIS TE DIRE UN TRUC IMPORTANT...
HEIN ?
J'AVAIS DIT QUE JE TE PROTÉGERAI DE TOUTES MES FORCES...
ET FINALEMENT... C'EST TOI QUI L'AS FAIT...
EUH... NON... EN FAIT...
POURQUOI EST-IL SI GENTIL TOUT À COUP ?

JE VOULAIS TE DIRE...
MERCI...
BOBOOM
P... POURQUOI MON CŒUR BAT-IL SI FORT ?
KAGURA SE SERT SÛREMENT D'UNE DE SES TECHNIQUES D'INCUBE !
OUI, C'EST ÇA, À TOUS LES COUPS...
AAAAH
IL VAUT MIEUX QUE J'AILLE ME COUCHER !
...

KAGURA
KAGURA
KAGURA
QU'EST-CE QUE TU AS... TU N'AS PAS L'AIR BIEN AUJOURD'HUI...
SI JE LE PEUX, JE VEUX BIEN TE DONNER DE L'ÉNERGIE
C'EST AGRÉABLE ET JE NE T'EN VEUX PAS DU TOUT
TU ES VRAIMENT GENTILLE, DANS TES RÊVES...
ÉVIDEMMENT... CE N'EST QU'UN RÊVE...
ET MÊME S'IL RESTE DANS TON SUBCONSCIENT... TU N'EN AS AUCUN SOUVENIR...
?

GNN
KAGURA ?

AUJOURD'HUI... JE NE TE TOUCHERAI PAS...
ÉCOUTE...
AU PETIT MATIN, TU AURAS TOUT OUBLIÉ...
MAIS J'AIMERAIS QUE TU TE SOUVIENNES DE CET INSTANT...
DE CETTE CHALEUR ET DE MES PAROLES...

NE LES OUBLIE... JAMAIS...
KAGURA !
KAGURA !
KAGURA !
IL N'EST PAS LÀ...

JE NE LE TROUVE NULLE PART DEPUIS CE MATIN !
PAPA ! MAMAN ! KAGURA A...
HII !
QU'IL EST CHOU !
OOH... IL EST TOUT MOU...
MIIKO ! FAIS QUELQUE CHOSE !
HEIN ?
REGARDE, JE T'AI FABRIQUÉ PLEIN DE VÊTEMENTS OCCIDENTAUX, ESSAIE-LES ! ♡
HÉ, PETIT... TU AS FAIM ? ÇA TE DIT DES GRAINES DE TOURNESOL ?
JE NE SUIS NI UN HAMSTER NI UNE POUPÉE !
PFF

HI HI HI
QU'EST-CE QUI TE FAIT RIRE, TOI ?
HUM PF
ALLEZ, ARRÊTE DE FAIRE LA TÊTE, IL TE VA SUPER BIEN TON HABIT...
ARRÊTE DE RIRE !
JE NE SUIS PAS UNE PRÊTRESSE !
PFF... IL EST TÔT ET JE SUIS DÉJÀ FATIGUÉ...
J'AI DÉJÀ UTILISÉ TOUTE L'ÉNERGIE QUE J'AI OBTENUE HIER
QUELLE ÉNERGIE ? DIS DONC, TU N'AS PAS ÉTÉ FAIRE DES TRUCS BIZARRES À UNE FILLE PENDANT QUE J'AVAIS LE DOS TOURNÉ, HUM ?
MAIS NON, PAS DU TOUT !

JE NE M'ÉLOIGNERAI... JAMAIS DE TOI...
BOBOOM
OH… ÇA RECOMMENCE…
POURQUOI MON CŒUR BAT-IL POUR KAGURA, ALORS QU'IL EST RÉDUIT À LA TAILLE D'UN PETIT ANIMAL ?
TU NE TE SOUVIENS... VRAIMENT DE RIEN ?
MÊME PAS UNE SEULE CHOSE ?
HEIN ?

BON, CE N'EST RIEN… NE T'INQUIÈTE PAS…
?
DE QUOI… PARLE-T-IL ?
HYAAH ! QU'IL EST BEAU !
QUOI ? Y'A UNE STAR ?
HEIN ? C'EST À CAUSE D'UN MEC ?
HYAAH !
IL EST BEAU !
HYAH HYAH !

OUAAH !
C'EST KATORI !
SALUT... TRÈS CHÈRE MIIKO...
COMMENT VAS-TU ?

QU... QU'EST-CE QUE TU FAIS AU LYCÉE ? AVEC UN UNIFORME EN PLUS !
EH BIEN... CETTE ÉCOLE ME CONVIENT... IL CONTIENT DE NOMBREUSES FILLES POUVANT NOURRIR MON POUVOIR...
TCHAC
QUOI...
HYAAAH !
OUAAH...
PLOC
AÏE !
OUILLE OUILLE
QUE FAIS-TU, LÂCHE-MOI, JE T'AI DIT DE ME LÂCHER !

JE TE VEUX...
JE VEUX T'ASPIRER EN MOI POUR SENTIR COMBIEN CE DOIT ÊTRE BON...
MÊME COMME ÇA, JE SENS...
TA FORCE... TON ÉNERGIE VITALE...
AAH, VITE... JE VEUX NE FAIRE QU'UN AVEC TOI...
NE DIS PAS ÇA...
IDIOTE !
N'ÉCOUTE PAS SES BELLES PAROLES !
IL VEUT JUSTE TE DÉVORER !
LA FERME, MICROBE...

SINON JE T'ÉCRASE
CRIISH CRIISH
QUOI ?
KAGURA !
JE N'AI RIEN FAIT...
OH !
FLAP !

NE CROIS PAS QUE TU GAGNERAS SI FACILEMENT...
BON, TRÈS BIEN... PUISQUE TU REFUSES MON AMOUR, FAIS TRÈS ATTENTION À TOI !
PARTONS
OUI !
HYAAH
CE SONT EUX QUI...
SE SERVIR DES FILLES... C'EST NUL...
ON DIRAIT QU'IL N'Y A PAS QUE TON APPARENCE QUI A CHANGÉ
ET TOI ALORS ! TU ALLAIS LE SUIVRE, JE T'AI VUE !
C'ÉTAIT LA PREMIÈRE FOIS QU'UN GARÇON ME PARLAIT COMME ÇA, JE N'AI PAS L'HABITUDE !

NON, CE N'ÉTAIT PAS LA PREMIÈRE FOIS !
AH ?
BREF, NOUS DEVONS ÉTABLIR UN PLAN !!
EUH... OUI !
J'AI L'IMPRESSION D'AVOIR OUBLIÉ... QUELQUE CHOSE D'IMPORTANT...
ÉCOUTE... NOUS DEVRIONS RESTER DANS UN ENDROIT OÙ IL Y A BEAUCOUP D'HUMAINS ...
PARCE QU'IL SAIT QUE S'IL PROVOQUAIT UN MASSACRE PARMI EUX, ÇA ATTIRERAIT D'AUTRES DÉMONS...
VOYONS, LA LEÇON D'AUJOURD'HUI PORTERA SUR...
ÇA NOUS FERAIT GAGNER DU TEMPS POUR PENSER À LA FORMULE PERMETTANT DE ME RETRANSFORMER...
FLAP
SI C'EST JUSTE ÇA, CE N'EST PLUS LA PEINE !
QUOI ?
VOICI LA FORMULE PERMETTANT DE LUTTER CONTRE UN INCUBE, C'EST MON PÈRE QUI ME L'A DONNÉE
EUH... AH ?
QUEL HORRIBLE ROULEAU...

NOUS ESSAIERONS ÇA LE CAS ÉCHÉANT !
ENTENDU !
M... MAIS JE NE SUIS PAS SÛRE DE L'EFFET QUE ÇA AURA SUR TON CORPS...
QU'EST-CE QUE TU DIS ?
NOUS DEVONS PRENDRE LE RISQUE !
C'EST VRAI, TU AS RAISON !
QU'EST-CE QUE TU MARMONNES PENDANT MON COURS ?
UH, PROFESSEUR !
EUH... EH BIEN... JE CALCULAIS LA PROBABILITÉ DE...
PEU M'IMPORTENT TES EXCUSES !

BATAAM
UN ÉLÈVE QUI DÉRANGE LE COURS EST L'ENNEMI DE TOUS SES CAMARADES !
QU... QUOI ?
ILS SONT MANIPULÉS !
JE L'AI DÉJÀ DIT, NON ? CONTRAIREMENT À TOI, JE NE ME SERS PAS DE LA FORCE BRUTE...
L'IMPRUDENCE EST LA PIRE DES ENNEMIS, NON ?
TU NE SAIS DONC PAS...
QUE LES FILLES DÉTESTENT LES OBSTINÉS DANS TON GENRE ?

MIIKO, SORTONS VITE D'ICI !
OUI !
TCHAC
SHINO !
QU'EST-CE QUE CELA FAIT D'ÊTRE TRAHIE PAR SON AMIE ?
TROUILLARD !
LÂCHE-MOI, SHINO !
ON T'A TROMPÉE !
MIIKO !

TANT PIS, TU DOIS RÉCITER LA FORMULE !
FAIS DU MIEUX QUE TU PEUX !
C'EST MAINTENANT OU JAMAIS !
JE... JE COMPRENDS...
PAR LA CHOSE LA PLUS PRÉCIEUSE DE CE TEMPLE, LIÉE À L'EXTÉRIEUR, PAR LA CHOSE LA PLUS PRÉCIEUSE DE CE TEMPLE, LIÉE À L'INTÉRIEUR...
AU NOM DES MYSTÈRES ET DES MIRACLES DE LA TERRE ET DU CIEL, DÉMON, RÉAPPARAIS !

POF
POF
!
MOUAHAHAHAHAHA !
COMME C'EST MIGNON !!
JE... SUIS DÉSOLÉE...
MERDE !
POURQUOI LES HUMAINS ONT-ILS DONC SI PEU DE MÉMOIRE ?
QUE FAITES-VOUS DE VOTRE SUBCONSCIENT ?
LE SUB... CONSCIENT...
J'AI TROUVÉ...
HÉ HÉ

J'EN AI ASSEZ DE CETTE IDIOTE !
ELLE OUBLIE LA FORMULE DONT ELLE S'EST SERVIE, ELLE NE VOIT PAS LES MONSTRES !
ELLE REFUSE DE FUIR QUAND IL LE FAUT !
AAH, J'EN AI ASSEZ !
JE N'AI PLUS BESOIN D'ELLE, TU PEUX LA PRENDRE !

KAGURA... QU'EST-CE QUE... TU DIS ?
IL PARLE SÉRIEUSEMENT ?
GNN
ALORS, JE NE ME GÊNE PAS...
KAGURA ?
KAGURA, TU PLAISANTES, HEIN ?
KAGURA ! KAGURA !
TU AVAIS PROMIS DE ME PROTÉGER... TU ME L'AVAIS PROMIS...
TU L'AS DIT, N'EST-CE PAS ?

MAINTENANT... TU VAS ÊTRE GENTILLE ET FAIRE CE QUE JE TE DIS...
KAGU-RA...
...
KAGURA...
KAGURA...
MENTEUR...
PFF
JE T'AI CRU, MOI !!

CE MINABLE...
OÙ EST-IL ENCORE PARTI ?
...IKO
MIIKO !
BOUH
AH MIIKO, TU ES LÀ ?
OUAIS... MAIS J'AI PAS LA FORME...
MIIKO !
C'EST MA FAUTE, MAIS JE TE DEMANDERAI PARDON PLUS TARD. ÉCOUTE-MOI !

TU TE SOUVIENS DE L'INCANTATION UTILISÉE POUR ME FAIRE RAPETISSER ?
HEIN ?
TU ES LE SUBCONSCIENT DE LA PRÊTRESSE
MÊME SI ELLE A TOUT OUBLIÉ, TOI, TU PEUX T'EN RAPPELER !
OH OUI... JE VOIS CE QUE TU VEUX DIRE...
DANS CE CAS...
BIBLIOTHÈQUE DES SOUVENIRS
VLAAM

JE VIENS D'EFFRAYER LE PLUS PUISSANT DES DÉMONS...
HÉ HÉ HÉ...
ET DE LUI PRENDRE CETTE FILLE REMPLIE D'ÉNERGIE VITALE...
BIEN FAIT POUR TOI, KAGURA, LA FORCE BRUTE N'EST PAS TOUT !
HA HA HA HA
VIENS...
TU VAS DEVENIR UNE PARTIE DE MOI...
MIIKO !

MIIKO !
LIS CETTE INCANTATION !
KAGURA ?
D'OÙ SORS-TU, TOI ?
PENSE QUE JE T'AI TRAHIE SI TU VEUX...
MAIS LIS CETTE FORMULE !
FLAMME SACRÉE, EAU BÉNITE, PURIFIEZ LES ÂMES...
TU CROIS QUE CETTE FORMULE PERMETTRA DE ME BATTRE ?

MAIS C'EST...
OUI...
CLAC
PAF
DISPARAIS, DÉMON !
CELLE DONT JE ME SUIS SERVIE QUAND...
IL A... DISPARU ?
JE M'EN SOUVIENS MAINTENANT...
MAIS...

HÉ, ARRÊTE TOUT DE SUITE !
Ô GRANDS DIEUX DE LA MONTAGNE... DÉTACHEZ CE MAUVAIS ESPRIT DE LA TERRE...
JE T'AI DIT D'ARRÊTER !!
DE PAR L'INCANTATION SHINTO LA PLUS PRÉCIEUSE...
PAAAAF

DÉSOLÉ DE VOUS AVOIR FAIT ATTENDRE

KAGURA !
MERDE !
LA FORCE BRUTE N'EST PAS TOUT EN EFFET
IL FAUT AUSSI SAVOIR SE SERVIR... DE ÇA...
MAIS JE N'AI PAS L'INTENTION DE TE LAISSER LE TEMPS DE LE FAIRE !
PRENDS ÇA !

BAM
OUH...
OUAAH...
MINABLE...
MERDE...
TU ES TOUJOURS AUSSI BRUTAL...

SSH
IL A DISPARU ?
OÙ EST-IL ?
VLIP
VLOP
SON POUVOIR A DIMINUÉ, TU NE PEUX PLUS LE VOIR... CEPENDANT, IL EST TOUJOURS LÀ...
ALORS... C'EST LE MOMENT, KAGURA, TOUCHE-MOI !
JE VAIS L'EXORCISER POUR DE BON !
...
HUM ?

FOUAAH...
CE N'EST PAS LE MOMENT DE BAILLER !
C'EST QUE... JE ME SUIS SERVI DE MON ÉNERGIE, JE SUIS FATIGUÉ...
QU'EST-CE QUE TU RACONTES ? ON N'AURA PEUT-ÊTRE PAS D'AUTRE CHANCE !
PFF, TU M'EN-NUIES...
TRÈS BIEN, ALORS, JE LE COMBATTRAI SEULE ! JE N'AI PAS BESOIN DE L'AIDE D'UN INCUBE !
...
SI TU M'EMBRASSAIS...

SI TU M'EMBRASSAIS...
ÇA ME DONNERAIT L'ÉNERGIE NÉCESSAIRE...
QUOI ?
QU'EST-CE QUE TU DIS ? CE N'EST PAS LE MOMENT !
JE T'AI DÉJÀ RENDU TON CORPS, LE RESTE NE ME REGARDE PAS !
...
NE CROIS PAS QUE TU ME ROULERAS UNE DEUXIÈME FOIS !
APRÈS TOUT, JE N'AI RIEN À FAIRE D'UN DÉMON COMME T...

!
OH !
JE LE VOIS... À NOUVEAU...

OUAAH ! C'EST LUI, IL EST LÀ !
IL A PERDU TROP D'ÉNERGIE POUR POUVOIR MAINTENIR SA BELLE APPARENCE...
LA FERME...
C'EST FACILE DE TE SERVIR DE TA FORCE...
ALORS... IL TE PLAÎT TOUJOURS ?
NON NON NON
JE DEVRAIS TE SUFFIRE...
MAINTENANT QUE J'AI RETROUVÉ MA BEAUTÉ...
TAP TAP

JE L'AI VU QUAND IL M'A EMBRASSÉE
TU N'ES PAS QU'UN MONSTRE…
BIEN… J'AI FAIT LA PROMESSE QUE…
QUAND JE SERAI REDEVENU MOI-MÊME…
JE FERAI DISPARAÎTRE LES AUTRES DÉMONS
ÉTAIT-CE UN RÊVE ? UNE ILLUSION ?
OU LA RÉALITÉ ?
J'AI VU… TES VRAIS SENTIMENTS…
C'EST FINI POUR TOI !

OUAAH !
SI C'EST VRAI, À QUEL POINT CELA ME CONVIENT-IL ?
AU POINT DE NE PAS LAISSER KAGURA PARTIR ?
ALORS... TU AS AGI COMME ÇA POUR ALLER DEMANDER LA FORMULE À LA MIIKO DE MES RÊVES ?

JE NE ME SOUVIENS JAMAIS DE MES RÊVES...
EH BIEN... CELA VAUT MIEUX PARFOIS...
MAIS... TOUT À L'HEURE, CE N'ÉTAIT PAS UN RÊVE, HUM ?
QUAND TU M'AS CONFIÉ TES SENTIMENTS
...
TU T'EN SOUVIENS ?
PLUS OU MOINS...
CE N'EST PAS CLAIR, MAIS J'EN AI LA SEN-SATION...
RÉPÈTE TES PAROLES ! F... FRANCHEMENT !

BOBOM
"JE TIENS À GAGNER AUSSI TON CŒUR..."
KAGURA...

MON CŒUR PALPITE…
ET… QU'EST-CE QUE J'AI RÉPONDU ?
…
“IL T'APPARTIENT DÉJÀ…”
POF
ALORS CE N'ÉTAIT PAS UN RÊVE…
C'ÉTAIT LA RÉALITÉ…

BOBOM BOBOM
MIIKO...
PEUT-ÊTRE QUE… JE SUIS SOUS L'EMPRISE D'UN DE TES ENVOÛTEMENTS…
MAIS POUR LE MOMENT, MÊME SI ÇA DOIT ME PERDRE, ÇA M'EST ÉGAL…

AAAH
À PROPOS, POURQUOI AS-TU DIT "AUSSI TON CŒUR" ?
EUH... EH BIEN... EN FAIT... EUH...
QU'EST-CE QUE TU ESSAIES DE ME CACHER ?
TU NE TE FÂCHERAS PAS ?
HUM ? NON...
VRAI DE VRAI ?
HUM ? EUH... OUI
ALORS VOILÀ...
POF
ENFOIRÉ...
C'ÉTAIT TON RÊVE, JE N'AI RIEN FAIT, MOI !
TU PARLES D'UNE EXCUSE, INCUBE PERVERS !!
INUTILE DE ME REMERCIER !
PAS DE RISQUE...
PIF
DISPARAIS, DÉMON !

PLOP
AH, QU'EST-CE QUI M'ARRIVE ?
JE SUIS REDEVENU TOUT PETIT !!
HEIN ? C'EST PAS VRAI ? OOH !
JE... JE VOULAIS JUSTE... TE DONNER UNE LEÇON...
C'EST PAS VRAI, HEIN ? PAS ENCORE ?
JE... EUH... JE T'AIME ENCORE PLUS QUAND TU ES MIGNON...
OUAIS, C'EST LE SEUL MOMENT OÙ JE NE TE FAIS PAS ROUGIR, HEIN !
OUAH, QUOI ?
L'AMOUR ENTRE UNE HUMAINE ET UN DÉMON… IL LEUR FAUDRAIT FRANCHIR DE NOMBREUX OBSTACLES…
AVANT DE VIVRE UNE VIE PAISIBLE… PLUS OU MOINS…

Ayakashi Koi Emaki
– Le Manuscrit des illusions –

Au jour le jour

Mon lot quotidien à moi c'est... trois planches par jour. Ce rythme de travail me laisse pas mal de temps libre, et surtout, un quotidien sans stress ! Tous les jours, je dors une moyenne de six heures, je fais souvent des pauses pendant ma journée de travail, et tous les soirs j'ai même le temps de prendre tranquillement mon bain. C'est incroyable, non ?!
Avoir une vie quotidienne comme celle-ci, pour moi c'est la chose la plus importante au monde. C'est ça le vrai bonheur. Je suis sûre que certains d'entre vous sont curieux de savoir ce que je suis en train de dessiner actuellement. Mais je ne peux malheureusement rien vous dire d'autre si ce n'est que je suis en pleine préparation des deux prochains tomes ! J'ai hâte que vous puissiez les lire ! Quant aux dates de publication, elles seront bien entendu très prochainement annoncées de façon officielle.
Mes assistants sortent souvent ensemble. Dernièrement ils sont allés voir un concert du boys band KAT-TUN, et ils vont aussi souvent au cinéma en compagnie d'autres amis. J'avoue que je suis parfois un peu jalouse... De mon côté, ce que je préfère, c'est travailler et dessiner ! Peut-être aurais-je besoin d'un peu de divertissement en deux dimensions... Bon, en tout cas, maintenant vous savez tout sur ma vie au jour le jour.

VLIP VLOP
IMBÉCILE, TU AS LANCÉ TON INCANTATION DANS LA MAUVAISE DIRECTION !
HEIN ?
QUOI ?
CEPENDANT, JE DOIS AVOUER QUE JE NE SUIS PAS TRÈS DOUÉE POUR REPÉRER LES ESPRITS DE LA NUIT…
NON, CE N'EST VRAIMENT PAS MA "SPÉCIALITÉ"…
IDIOTE, IL EST JUSTE DEVANT TOI !
MERDE, TU N'ES VRAIMENT BONNE À RIEN TOUTE SEULE !
ALLEZ, MIIKO, TOUCHE-MOI, VITE !
CEPENDANT, J'AI UN GRAND ATOUT DE MON CÔTÉ…

UN DÉMON QUI M'AIDE, IL S'APPELLE KAGURA…
LE TOUCHER ME PERMET DE VOIR LES MONSTRES ET LES DÉMONS !
LE POUVOIR SPIRITUEL DE KAGURA EST TRANSMIS À MON CORPS…
ET JE DEVIENS CAPABLE DE PERCE-VOIR…
LES CRÉATURES OCCULTES…
OH !
HÉ, LA PROCHAINE FOIS QUE TU DOIS ME TOUCHER, VA AILLEURS QUE SUR MA POITRINE !
PAS D'ACCORD, C'EST ÇA OU RIEN !

QUOI ? QU'EST-CE QUE TU ES VICIEUX !
FORCÉMENT. JE SUIS UN INCUBE !
...
ET NE RÉPONDS PAS EN PLUS !
JE NE RÉPONDS PAS. JE SOULIGNE JUSTE L'ÉVIDENCE !
ÇA VA ? JE NE VOUS DÉRANGE PAS TROP ?
GROOÂÂ
JE VOUS SIGNALE QUE VOUS ALLEZ ME SERVIR DE DÎNER !
TOI, FERME-LA !!
À MOI SEUL, J'AI ASSEZ DE POUVOIR POUR TE BATTRE !

ARGH...
Toc
MINABLE...
LE SEUL CÔTÉ QUE JE N'AIME PAS CHEZ KAGURA, C'EST SA NATURE PERVERSE QUE LUI DONNE SON CARACTÈRE D'INCUBE…

POUR L'INSTANT, SON CORPS ET SA FORCE SONT ENCORE TRÈS FAIBLES…
POURTANT, ON M'A DIT QU'IL ÉTAIT LE PLUS PUISSANT DES DÉMONS…
RENDS-MOI VITE MA VRAIE FORME !
JE REFUSE…
LES AUTRES DÉMONS VEULENT PRENDRE À KAGURA SON TITRE EN PROFITANT DE SA FAIBLESSE PASSAGÈRE…
DEPUIS QUE JE L'AI TRANSFORMÉ EN POUPÉE, DES CRÉATURES DÉSIREUSES D'OBTENIR SON POUVOIR NOUS ATTAQUENT SANS CESSE…

QUOI ? NE ME DIS PAS QUE TU AS ENCORE OUBLIÉ COMMENT FAIRE !
ÇA N'A RIEN À VOIR CETTE FOIS !
TIENS, J'AI TERMINÉ TON NOUVEAU PULL
LA TENDANCE EST AUX LONGS TRICOTS CETTE ANNÉE !
...
HYAAH, IL T'IRA PARFAITEMENT !
BEURK
J'EN VEUX PAS !
AAH, QUE FAIS-TU ?
REGARDE ! CES DERNIERS TEMPS, J'AI L'IMPRESSION QUE MA PEAU SE FRIPE !
SI ÇA CONTINUE COMME ÇA, JE VAIS ATTRAPER PLEIN DE BOUTONS PARTOUT !

AAH, J'AI TELLEMENT ENVIE DE COUCHER AVEC UNE FILLE !
SI ÇA CONTINUE, JE VAIS COMPLÈTEMENT M'ASSÉCHER !
POUR UN INCUBE, LE CORPS D'UNE FILLE, C'EST COMME DU COLLAGÈNE, ÇA RÉPARE LES DOMMAGES CAUSÉS À LA PEAU !
ENVOIE LE PLACENTA ! L'ACIDE HYALURONIQUE ! LAISSE PASSER LES IONS !
JE LE SAIS BIEN !
AH, J'AI COMPRIS ! TU ES MORTE DE JALOUSIE, HEIN ?
BOBOM
QUOI ?
TU N'AIMES PAS L'IDÉE QUE J'AILLE AVEC UNE AUTRE FILLE QUE TOI, C'EST ÇA, PAS VRAI ?
QU... NON. ÇA, JE M'EN MOQUE...

SOIS TRANQUILLE... À MOINS D'AVOIR TON ACCORD, JE N'EMBRASSERAI PAS UNE AUTRE FILLE...
MAIS EN ÉCHANGE...
JE VEUX QU'ON LE FASSE AU MOINS TROIS FOIS PAR JOUR !
ET POUR LA PREMIÈRE SEMAINE, UNE NUIT ENTIÈRE !
ÇA NE ME DÉRANGERAIT PAS SI ÇA CONTINUAIT TOUTE LA JOURNÉE, D'AILLEURS !
ALLEZ... ON N'A QU'À DIRE QU'ON LE FAIT 24 HEURES D'AFFILÉE...
PL—AF
N'EN RAJOUTE PAS, SALE PERVERS D'INCUBE !

CHAQUE FOIS QUE TU OUVRES LA BOUCHE, C'EST POUR SORTIR UNE COCHONNERIE !
JE N'AI AUCUNE ENVIE DE FAIRE CE GENRE DE CHOSES AVEC TOI !
IL Y A PLUS IMPORTANT QUE ÇA POUR LES HUMAINS !
JE RÊVE OU ELLE M'A FRAPPÉ AVEC UNE TAPETTE ?
SI TU TIENS TANT QUE ÇA À LE FAIRE, VA PLUTÔT VOIR UN HAMSTER !
PFF
ON L'A DÉJÀ FAIT PLEIN DE FOIS DANS TES RÊVES...
PARCE QUE TU T'ES PERMIS D'Y ENTRER SANS Y ÊTRE INVITÉ...
C'EST LE PRIX À PAYER POUR ÊTRE TOMBÉE AMOUREUSE D'UN INCUBE, MA VIEILLE !

VLIP
JE VAIS ME COUCHER !
C'EST VRAI…
J'AI ÉTÉ SÉDUITE PAR UN DÉMON…
HI HI
ENFIN… KAGURA M'A SANS DOUTE JETÉ UN SORT…
OUI, C'EST ÉVIDENT…
OH HISSE…
PFF…
UNE TAPETTE, UN HAMSTER… C'EST VRAIMENT VEXANT…
CETTE NUIT, JE VAIS T'ÉPUISER…
SSH
MIIKO…
MIIKO

AAH, J'AVAIS TANT ENVIE DE TE VOIR, MIIKO...
KAGURA...
OOH... TU ES VRAIMENT PLUS GENTILLE DANS TES RÊVES !
ALLEZ, ON SE FAIT DU BIEN ?
NE FAISONS QU'UN...
DONNE-MOI DE L'ÉNERGIE !
!
PLAC

AÏE...
QU'ESCHE-QUE CH'EST QUE CHA ?
UN CHAMP DE FORCE ?
CRIISH
AAH
MERDE... CETTE FILLE ! ELLE A DISPOSÉ UNE BARRIÈRE AVANT DE SE COUCHER !
ICI

HÉ, MIIKO ! OUVRE-MOI, TU PEUX LE FAIRE, HEIN ?
KAGURA...
NON... ELLE EST TROP À CÔTÉ DE SES POMPES !
JE T'EN PRIE...
LAISSE-MOI T'ENLACER...
SSH
RIEN... QU'UN BAISER...
JE... JE TE VEUX...

FICHUE BARRIÈRE...
MIIKO
MIIKO !!
LÈVE-TOI VITE, C'EST IMPORTANT !
HUM... QU'Y A-T-IL, PAPA ?
J'AI TERMINÉ LA MAISON DE KAGURA, JE LA RAMENAIS ET...
PAPA... TU N'AVAIS PAS UN TRAVAIL PLUS URGENT ?
LA MAISON DE KAGURA

LÀ N'EST PAS LA QUESTION, KAGURA A L'AIR ÉPUISÉ !
CHÉRI... IL EST SÛREMENT CONSTIPÉ...
LE BENGALI QUE NOUS ÉLEVIONS AVANT SOUFFRAIT DES MÊMES SYMPTÔMES...
EN EFFET, IL EST CONSTIPÉ...
AH, TU AS RAISON...
SAUF QUE CE N'EST PAS UN OISEAU !
KAGURA, HÉ, KAGURA ! ÇA VA ?
TOC TOC
HUM
AAH
OH OUI... ENCORE... TOUCHE-MOI... EN BAS AUSSI... S'IL TE PLAÎT...
AAH AAH
!

GRR
HYAAAH
TIENS, PORTE-TOI BIEN !
EUH... KAGURA EST UN INCUBE... QUI PUISE SON POUVOIR DANS LA CHALEUR DE LA PEAU...
C'EST POURQUOI JE FAIS ÇA. POUR LUI DONNER DE LA CHALEUR. VOILÀ, VOILÀ...
TU ES SÛRE DE NE PAS L'ÉPUISER PLUTÔT QUE DE LE REVIGORER ?
C'EST VRAI… DÉSORMAIS, LA NUIT JE DORS AVEC UNE BARRIÈRE…
CES DERNIERS TEMPS… KAGURA N'A PLUS REÇU D'ÉNERGIE DE NULLE PART…
C'EST BON ?
MIAM MIAM
FAUTE DE MIEUX...
NE M'EN VEUX PAS POUR CETTE BARRIÈRE DANS MES RÊVES !
CROC
NON, J'AI BIEN COMPRIS...
ÇA TE DÉGOÛTE DE LE FAIRE AVEC MOI

MAIS TOI, TU NE COMPRENDS PAS CE QUE C'EST QU'ÊTRE UN INCUBE !
TU N'AS PAS BESOIN DE LE FAIRE POUR AVOIR DE L'ÉNERGIE !
KAGURA...
BAH... LAISSE...
EN TOUT CAS... SI UN DÉMON AUSSI FORT QUE KATORI APPARAÎT...
DIS-TOI BIEN QUE JE NE POURRAI PAS T'AIDER DANS MON ÉTAT...
IL VAUT MIEUX QUE TU ÉVITES LES ENDROITS OÙ SE RÉUNISSENT LES ESPRITS EN ATTENDANT...

MERCI POUR LE REPAS...
...
ÇA ME FAIT DE LA PEINE DE LE VOIR COMME ÇA…
QUAND JE ME LÈVE LE MATIN, MA POITRINE ME BRÛLE ET JE SUIS ROUGE DE HONTE
MAIS… BIEN QUE JE NE SOUVIENNE DE RIEN…
IL ME RESTE LA SENSATION D'AVOIR ÉTÉ SERRÉE PAR DES BRAS PUISSANTS…
ET SA CHALEUR M'ENTOURE ENCORE…
ÉVIDEMMENT, JE SUIS…
TOMBÉE AMOUREUSE DE KAGURA…
MAIS NON… JE NE VEUX PAS ME CONTENTER DE ÇA…

JE VEUX LE SENTIR COMME IL SE DOIT... ET JE VEUX M'EN SOUVENIR...
1RE
CETTE FOIS, NOTRE EXCURSION AURA LIEUE À IZUMO !
LE TEMPLE D'IZUMO EST CONNU POUR ÊTRE LA RÉSIDENCE DES DIEUX DU MARIAGE. LES COUPLES QUI S'Y RENDENT PRIENT POUR RESTER ENSEMBLE...
HYAAH, JE VAIS ALLER LÀ-BAS AVEC SHIMOYAMA !
J'EN PROFITERAI POUR PRIER POUR MES EXAMENS !
MOI, JE DEMANDERAI UNE NOUVELLE COPINE !
JE VOUS EXPLIQUERAI TOUT...
DÈS QUE LES FEUILLES SERONT DISTRIBUÉES
BON, VOUS FORMEREZ DES GROUPES POUR VOS MOMENTS DE QUARTIER LIBRE !
C'EST QUOI CETTE HISTOIRE D'EXCURSION ?
EUH, POUR RÉSUMER, C'EST UN VOYAGE AU COURS DUQUEL TOUTE L'ÉCOLE VA PASSER UNE NUIT DANS UNE AUBERGE...

HUM...
UNE NUIT...
DIS, MIIKO... OÙ EST-CE QU'ON VA ? JE SUIS PARTANTE POUR VISITER LE TEMPLE D'IZUMO, MAIS...
TU N'AURAIS PAS UNE AUTRE IDÉE POUR APRÈS ?
LE TOUR DE TOUS LES TEMPLES !
ON DIT QUE LE TEMPLE D'IZUMO EST LA DEMEURE DE SUSANOO !
DU TEMPLE SUSA AU TEMPLE YAÉGAKI, LA RÉGION D'IZUMO EST REMPLIE DE TERRES SACRÉES DÉDIÉES À SUSANOO !
SUSANOO ? C'EST QUOI, UN POISSON ?
QU'EST-CE QUE TU RACONTES ? SUSANOO EST LE NOM D'UN DIEU SHINTO !
OUPS, DÉSOLÉE...
PARDON, MAIS... VOUDRIEZ-VOUS M'ACCEPTER DANS VOTRE GROUPE ?

BONJOUR, JE M'APPELLE TAMAO YAMAMOTO
QUI C'EST ?
EUH... JE SUIS POURTANT DANS VOTRE CLASSE...
C'EST VRAI QUE J'AI TENDANCE À PASSER INAPERÇUE...
VOUS N'IMAGINEZ PAS LE COURAGE QU'IL M'A FALLU POUR VENIR VOUS PARLER...
POURQUOI VEUX-TU VENIR AVEC NOUS ?
EUH... EH BIEN, EN FAIT...
J'AI LE POUVOIR DE VOIR LES DÉMONS...
ET EN PLUS DE ÇA, JE SUIS TRÈS PEUREUSE...
L'IDÉE DE ME RENDRE DANS UN LIEU INCONNU EST DONC UN CAUCHEMAR POUR MOI...
ÉVIDEMMENT, JE N'AI PAS TRÈS ENVIE DE FAIRE CE VOYAGE...

JE VOUS EN SUPPLIE ! JE ME FERAI TOUTE PETITE...
ACCEPTEZ-MOI DANS VOTRE GROUPE !
BAAH, TU VAS ME FAIRE ROUGIR !
MOI, JE N'Y VOIS PAS D'INCON-VÉNIENT...
ATTENDS, MIIKO !
C'EST VRAI ?
CE SERAIT DOMMAGE DE RATER UN TEL VOYAGE À CAUSE DE TON DON !
OH, MERCI !
MAIS... COMME TU ES UNE PRÊTRESSE, MIIKO...
JE ME SUIS DIT QU'AVEC TOI À MES CÔTÉS, JE N'AURAI PAS DE PROBLÈME...
ET PUIS... J'AI TOUJOURS PENSÉ QUE TU ÉTAIS TRÈS COURAGEUSE...
...

QUOI ?
TU ME DEMANDES DE NE PAS PARTIR EN VOYAGE ?
OUAIS...
C'EST TROP DANGEREUX...
TU PENSES QUE TAMAO VA M'ATTIRER DES ENNUIS AVEC SON POUVOIR ?
CE N'EST PAS ÇA !
TU NE PEUX PAS PARTIR POUR UNE TERRE INCONNUE COMME SI DE RIEN N'ÉTAIT...
TERRE SACRÉE EST ÉGALE À FOISONNEMENT DE DÉMONS... TU ES SÛRE D'EN TROUVER LÀ-BAS...
TANT PIS, J'Y VAIS QUAND MÊME !
QUE DIS-TU ?

GUIDE COMPLET
IZUMO
HÔTELS, AUBERGES, RESTAURANTS
INCLUS : LE GUIDE COMPLET DE TOUS LES TEMPLES
J'AI TOUJOURS RÊVÉ D'ALLER À IZUMO !
SI UN DÉMON SE POINTE, JE L'EXORCISERAI, VOILÀ TOUT !
OU BIEN ALORS... TU AS PEUR ?
HUMPF
HÉ, EN VOILÀ DES PAROLES DE LA PART DE QUELQU'UN QUI NE PEUT PAS SE PASSER DE MOI, POUR QUI ME PRENDS-TU ?
JE N'AI PAS DIT QUE JE T'EMMENAIS DE TOUTE FAÇON !
TAMAO SERA AVEC MOI
AVEC ELLE, JE DÉBUSQUERAI LES MONSTRES !
ET JE POURRAI PRATIQUER L'EXORCIGME SANS TOI !
PFF~

TAP TAP
KAGURA !
D'ACCORD, FAIS COMME TU VEUX !
...
C'EST VRAI… SANS KAGURA, JE…
FLAP
PFF. POURQUOI S'EST-IL FÂCHÉ ?
JE VOULAIS SEULEMENT LUI ÉPARGNER DES ENNUIS !
SANS KAGURA, JE NE PEUX RIEN FAIRE…
MAIS APRÈS TOUT, JE NE SUIS QU'UN POIDS POUR QUELQU'UN COMME LUI, NON ?
ON N'ENTRE PAS !
FRAPPEZ !
LA MAISON DE KAGURA

HII
PAS QUECHTION, J'AI MA DIGNITÉ, EN PLUCHE, JE CHUIS UN HOMME !
JE ME SENS SI MAL... QUE J'EMBRASSERAIS UN HAMSTER...
C'EST DIRE L'HUMEUR...
BOBOOM
HEIN ?
CRIC CRIC CRIC CRIC
PFF...
HÔTEL
PLAF
CHUT
HEEIN ?
VOUS AVEZ QUARTIER LIBRE...
SOYEZ DE RETOUR À L'AUBERGE POUR 17 HEURES...
JR GARE D'IZUMO
VOYONS, LE TEMPLE LE PLUS PROCHE D'ICI...

MIIKO ?
OH !
AH, PARDON... JE PENSAIS À AUTRE CHOSE...
PFF, TU DISAIS QUE TU VOULAIS VISITER LES TEMPLES !
TOUT VA BIEN, MIIKO ?
OUI, PAS DE SOUCI... J'ÉTAIS DANS LA LUNE...
JE NE PARLE PAS DE ÇA...
JE SENS UNE PRÉSENCE PUISSANTE AUTOUR DE TOI...
HEIN ?
QU'EST-CE QUE...
HEIN ? QUOI ? ALORS TU VEUX DIRE QUE MIIKO EST EN DANGER ?
EH BIEN, JE NE SAIS PAS...
HYAAH, C'EST QUOI CETTE HISTOIRE ?
POUR L'INSTANT... SOIT C'EST UN DÉMON MINUSCULE, SOIT IL ÉVITE DE S'APPROCHER...
HUM, ÇA ALORS...
J'Y PENSE… JUSQU'À MAINTENANT, JE N'AI EU QU'À ME BATTRE CONTRE DES MONSTRES DONT JE CONNAISSAIS LE NOM…

EST-CE QUE C'EST… KAGURA QUI M'A PROTÉGÉE ?
EST-CE QUE C'EST CELA ?
BOBOM BOBOM
BON ! ALLONS VISITER LE PREMIER TEMPLE !
HÉ ATTENDS, IL FAUT PASSER PAR LES MONTAGNES...
C'EST FANTASTIQUE, JE SENS LA PRÉSENCE DES DIEUX D'ICI !
AH, VRAI-MENT ?!
MOI JE SENS PLUTÔT UNE PRÉSENCE MALÉFI-QUE...
HEIN ?!
ET SI ON ACCÉLÉRAIT UN PEU ?
J'AI UN MAUVAIS PRESSENTIMENT TOUT À COUP…
CRAC
OH NON, ZUT...
OUI...

PLOP
QUELLE IDIOTE ! SE BALADER COMME ÇA, AUTANT CRIER "ATTAQUEZ-MOI !"
AAH, DIRE QUE J'AI PASSÉ LA NUIT À COUDRE ÇA POUR SON BIEN !
QU'AI-JE FAIT DE MA FIERTÉ ?
COMME ÇA ?
TIC TIC
OUAIS, OUAIS, ON DIRAIT UN VRAI, BRAVO !
CRAAAC
JE SAVAIS QUE JE DEVAIS VENIR...

MIAOOU !
OUAAH !
MIAOU MIAOU
OH, UN HAMSTER ♡
MAIS DEPUIS QUAND UN HAMSTER MARCHE-T-IL SUR DEUX PATTES ?
QUE FAIS-TU, SHINO ? ON PART !

FRR FRR
OUI, PARDON...
CLIC
C'EST BIZARRE... ÇA DEVRAIT ÊTRE PAR ICI...
OÙ ON VA MAINTENANT ? J'AI ENVIE D'UN CAFÉ !
TU CROIS TROUVER ÇA ICI ? PFF !
EUH... NOUS DEVRIONS PARTIR EN VITESSE, À MON AVIS...
QU...
MAIS LE TEMPLE EST BIEN LÀ, NON ?
JE SENS UNE PRÉSENCE PLUS QU'EF-FRAYANTE...
EUH... OUI, MAIS...
BRR BRR
PAS DE POUVOIR
HEIN ?!

HYAAH ! IL EST LÀ !!
HI!!
HEIN ? QUOI ? QU'EST-CE QUI EST LÀ ?
NON, N'APPROCHE PAS !
TAMAO... TU VOIS QUELQUE CHOSE ? C'EST QUEL GENRE DE MONSTRE ?
OUAAAH
TAMAO !
OH NON ! ELLE PANIQUE ! JE NE POURRAI PAS SAVOIR COMMENT EST LE MONSTRE !

ATTENDS, TAMAO, OÙ VAS-TU ?
HYAAAH...
AH, JE SAVAIS QUE ÇA SE PASSERAIT COMME ÇA !
ATTENDS, JE M'EN CHARGE...
HYAAAAH
STAP
OUAAH !
TAMAO !
TAMAO, ATTENDS !
MA SCÈNE HÉROÏQUE EST RUINÉE...

JE T'AI DIT D'ATTENDRE, MIIKO !
LA VOIX DE KAGURA ?
MIIKO !
MIIKO !
VLIP VLOP
JE L'ENTENDS, MAIS...
JE NE LE VOIS NULLE PART...
OH !
AAH !!
...
SANS COMMENTAIRE...
TU TOMBES BIEN, UN MONSTRE VIENT D'APPARAÎTRE !
POURQUOI JE SUIS LÀ À TON AVIS ?
TU CROIS QUE JE PASSAIS DANS LE COIN PAR HASARD ?

QU'EST-CE QUE TU ATTENDS ?
JE LA SENS... GRÂCE À KAGURA... LA PRÉSENCE D'UN DÉMON...
JE LE VOIS... SON IDENTITÉ EST...
!
LE SERPENT À HUIT TÊTES ! LE PLUS PUISSANT DÉMON QUI EXISTE...
HÉ, C'EST MOI LE PLUS PUISSANT !
QUE FAIT UN DÉMON AUSSI FORT ICI ?
POURRAI-JE VAINCRE UN TEL MONSTRE ?

SSH
AU NOM DE MA FAMILLE, JE VAIS TE PUNIR !
SERPENT À HUIT TÊTES, NATIF DE LA RÉGION DE KOUCHI !
FLAMME SACRÉE, EAU BÉNITE, VENT DIVIN...
PURIFIEZ LE CIEL ET LA TERRE, PRÊTEZ-MOI VOTRE FORCE...
ZAM
ET CHASSEZ LE DÉMON !

...
POURQUOI ÇA N'A AUCUN EFFET ?
HÉ, IL Y A UN AUTRE MOYEN, NON ?
RENDS-MOI MA VRAIE FORME !
QUOI ?!
TU NE VEUX PAS QUE CE MONSTRE T'ATTRAPE, HUM ?

FLAMME SACRÉE, EAU BÉNITE, PURIFIEZ LES ÂMES...
DE PAR L'INCANTATION SHINTO LA PLUS PRÉCIEUSE...
Ô GRANDS DIEUX DE LA MONTAGNE... DÉTACHEZ CE MAUVAIS ESPRIT DE LA TERRE...
QUE LE DÉMON RENAISSE !

IL ÉTAIT TEMPS. J'AI FAILLI DEVENIR UN HAMSTER...
J'AI EU CHAUD...

ALORS... SERPENT À HUIT TÊTES ?
BOBOM
...
QU'EST-CE QUE TU FAIS ? ATTAQUE-LE !
COMME D'HABITUDE, TU ME DONNES DES ORDRES, BARBARE...
MAIS TU CROIS QUE JE PEUX COMBATTRE UN SI GRAND MONSTRE AVEC SI PEU D'ÉNERGIE ?
QUE VEUX-TU QUE JE FASSE ?
QU'EST-CE QUE TU RACONTES, CE N'EST PAS LE MOM...
ALLEZ, EMBRASSE-MOI !
HEIN ?

OUH, ÇA FAIT MAL !
KA... KAGURA, ÇA VA ?
MERDE, ÇA DEVIENT DANGEREUX... JE SUIS À BOUT DE FORCES !
SI ÇA CONTINUE, ON VA MOURIR !
MAIS...
VITE... DONNE-MOI... UN BAISER...
DONNE-MOI... DE L'ÉNERGIE...
CE N'EST PAS LE MOMENT D'ÊTRE GÊNÉE !
ET PUIS... SI ÇA PEUT REDONNER LA FORME À KAGURA...

SI ÇA PEUT L'AIDER À VAINCRE CE MONSTRE...
...
TU TE FICHES DE MOI OU QUOI ?
HEIN ?
AVEC CE GENRE DE BAISER, JE NE POURRAIS MÊME PAS BATTRE UNE SOURIS !
EMBRASSE-MOI VRAIMENT !
COMME ÇA !
GNN

HUM...
JE SENS MON ÉNERGIE QUI JAILLIT...
PAR TOUS LES PORES DE MA PEAU...
AAH...

EST-CE KAGURA... QUI ME LA PREND ?
OU BIEN ALORS...
COUIC
BON...
SI TU VEUX FUIR, C'EST LE MOMENT...
SERPENT À HUIT TÊTES...

OU PLUTÔT...
RENARD QUI EN A PRIS L'APPARENCE !
FLASH
HYAAAA...
VOILÀ POURQUOI L'INCANTATION N'A PAS MARCHÉ...

TU ES TRÈS DIFFÉRENT DU SERPENT À HUIT TÊTES...
C'ÉTAIT UN MONSTRE BANAL...
TU ES CINQUANTE MILLIONS D'ANNÉES TROP JEUNE POUR PRÉTENDRE ÊTRE LE SERPENT À HUIT TÊTES !
ATTENDS, KAGURA !
QUOI ? TU M'AS DIT DE FAIRE VITE ET MAINTENANT, TU ME DEMANDES D'ARRÊTER ?
LAISSE-LE, IL EST BATTU !
IL REVIENDRA POUR SE VENGER !
BRR BRR
PEUT-ÊTRE, MAIS...

JE SUIS SÛRE QU'IL NE VOULAIT PAS NOUS TUER... JUSTE NOUS FAIRE PEUR...
C'EST VRAI, NON ?
...
QUE FAIS-TU ICI ?
D'OÙ VIENS-TU ?
TU ES... DANS UN SALE ÉTAT...
C'EST À CAUSE DE LA BLESSURE QUE TU VIENS DE RECEVOIR, HUM ?
FRR
ATTENDS UN PEU...

C'EST PARFAIT !
NE RECOMMENCE PLUS, D'ACCORD ?

OH...
INUTILE... C'EST DANS SA NATURE DE ROULER LES HUMAINS...
IL RECOMMENCERA, TU PEUX EN ÊTRE SÛRE...
IL A RAISON...
SANS DOUTE, MAIS JE NE SAIS PAS POURQUOI...
CE RENARD... DÉGAGEAIT UNE ODEUR DE DIEU...
LUI ? TU ES TOUJOURS AUSSI BÊTE !
PARCE QU'IL SENT LE DIEU, TU CROIS QU'IL EST GENTIL ?

QU'EST-CE QU'IL Y A ? TU ES JALOUX DE CE RENARD ?
OUAIS, C'EST ÇA, DÉSOLÉ, HEIN !
TU AS PEUT-ÊTRE SEULEMENT PRIS CE RENARD EN PITIÉ !
MAIS MOI J'AI L'IMPRESSION QUE TU M'AS TROMPÉ AVEC UN AUTRE DÉMON !
HA HA HA, QU'EST-CE QUE TU VAS CHERCHER ?
NE ME FAIS PAS RIRE...
MOI AUSSI, JE VAIS TE TROMPER ALORS !
QUOI ?
QUE DIS-TU ?
SI TU FAIS ÇA, JE NE TE RENDRAI PLUS JAMAIS TA VRAIE FORME !
TCHAC

TU CROIS QUE JE T'EN LAISSERAI LE TEMPS CETTE FOIS ?
KAGURA...
TU ME FAIS MAL...
LÂCHE-MOI...
KAGURA...
MIIKO... TU ME...
HEIN ?

MIIKO !
OH !
MIIKO, OÙ ES-TU ?
RÉPONDS !
SHINO ET TAMAO !
LÂCHE-MOI, SHINO VA S'IMAGINER DES BÊTISES !
...
OH...
KAGURA...

BOBOM
POURQUOI CE VISAGE SI TRISTE...
TE VOILÀ, MIIKO !
HÉ, TOUT VA BIEN ? IL NE S'EST RIEN PASSÉ ?
NOUS AVIONS PEUR QUE CE MONSTRE T'AIT FAIT DU MAL...

KAGURA...
MIIKO, VITE, QUE FAIS-TU ? LE REPAS EST SERVI !
EUH... OUI...
PARDON, PARTEZ EN AVANT...
J'ARRIVE TOUT DE SUITE...
C'EST BIZARRE...
JE NE TROUVE PLUS MON PORTABLE...
BADAM
KAGURA, C'EST TOI ? OÙ TE CACHES-TU ?

VLIP
VLOP
IL N'EST PAS LÀ ? JE ME FAIS DES IDÉES...
EST-CE QUE J'AI ENVIE QU'IL SOIT LÀ ?
OUI, J'AIMERAIS QU'IL VIENNE...
MAIS S'IL ÉTAIT LÀ, QUI SAIT CE QU'IL ME FERAIT...
MIIKO... JE...
JE NE ME COMPRENDS PLUS !
QU'EST-CE QUE JE VEUX FAIRE ? QU'EST-CE QUE JE VEUX FAIRE AVEC KAGURA ?

TOUT CE QUE JE SAIS...
C'EST QUE JE N'AI PAS ÉTÉ GENTILLE AVEC LUI...
TOC TOC
OH !
TOC TOC
SHINO ?!
QUI EST LÀ ?
TOC TOC
C'EST KAGURA ?
TOC TOC
KAGURA... TU M'AS SUIVIE JUSQU'ICI ?
J'EN AI ASSEZ DE...
CLAC
MATSUKAZE

EUH... BONJOUR...
OUAAH...
C'EST QUI, CE BEAU MEC ?!

FLIP
FLAP FLAP
EUH... IL Y A UN BAL MASQUÉ DANS L'AUBERGE ?
NON... CE SONT DES VRAIES !
EFFECTIVEMENT, ON DIRAIT DES VRAIES, BEAU TRAVAIL !
CLAP CLAP
C'EST DIFFICILE DE SE TRANSFORMER COMPLÈTEMENT EN HUMAIN... C'EST LE MAXIMUM QUE JE PUISSE FAIRE...
...
ÇA SUFFIT LES BLAGUES ! ENLÈVE-MOI ÇA !!
GNIIIII
AÏE AÏE AÏE !
ELLES SONT... VRAIES ?
PAS MOYEN DE LES LUI ENLEVER !
EUH... JE...

EST-CE QUE TU VOUDRAIS BIEN SORTIR AVEC MOI ?
HEIN ?!

COMPTE-RENDU DES ENREGISTREMENTS DES VOIX DE LA SÉRIE !

L'enregistrement des voix pour la version VOMIC de la série a duré plusieurs jours durant le mois d'avril. Un VOMIC, c'est un manga avec une bande audio, c'est-à-dire avec des acteurs de doublage qui interprètent les voix des personnages. Vous pouvez voir et écouter les trois premiers chapitres de la série sur le site ci-dessous de la société Shûeisha :

http://www.s-cast.net/

Voici la liste des interprètes :
- Miko est interprétée par Saori Hayami
- Kagura est interprété par Kazuya Nakai
- Kagura diminué est interprété par Kôki Miyata

Cadeau bonus ! Vous aurez bientôt droit à une version DVD du quatrième chapitre !
Et voici sans plus attendre un petit compte-rendu de tout ce qui s'est passé lors de l'enregistrement des voix.

C'est le comédien Kazuya Nakai qui a interprété le rôle de Kagura. Nakai a déjà interprété de nombreux personnages : Zéro dans *One Piece*, Hijikata dans *Gintama*, Masamune dans La *Légende de Basara*, et d'autres personnages qui ont tous comme point commun le fait de plaire aux filles. Le rôle du Kagura diminué a lui été assuré par Kôki Miyata. Il s'agit d'un acteur de doublage reconnu, à la voix prodigieuse, capable d'interpréter aussi bien des personnages très mignons que des grandes gueules, comme par exemple Murata dans *Kyô kara maô !*, Hanatarô dans *Bleach* ou bien Nataku dans *Hôshin.engi*. Miyata a déjà été récompensé par un premier prix d'interprétation masculine. Je n'aurais jamais imaginé que les Kagura puissent un jour être interprétés par d'aussi talentueux comédiens. Merci à tous ceux qui ont rendu cela possible.
Sur mon blog, j'ai déjà fait un compte-rendu détaillé de ces sessions d'enregistrement. Je vais maintenant vous en donner des détails supplémentaires, un peu plus intimes... (euh... intimes jusqu'à maintenant...) avant que les sessions d'enregistrement ne s'achèvent, j'ai pu discuter avec les interprètes Nakai et Miyata. Personnellement, je suis une grande fan de ces deux comédiens, et je possède la totalité des CD des séries dans lesquelles ils ont participé. J'ai tous les CD dédiés à leurs personnages, et je suis aussi tout particulièrement fan des enregistrements musicaux dans lesquels Miyata chante.
J'ai dit à Nakai : "Quand je chante une de tes chansons au karaoké, je mets toujours le volume à fond !" Il m'a demandé : "Par exemple ?" Et il a été extrêmement surpris par ma réponse : "Eh bien, par exemple : *Eyes of ZORO*". J'ai ajouté : "J'aime aussi beaucoup la chanson *Switch no kyarason*. Elle vient tout juste d'entrer dans les playlists des karaokés." Il était surpris et tout timide ! Trop mignon... J'ai alors demandé à Nakai et Miyata s'ils ne voudraient pas faire un CD reprenant les chansons de la série *Petit chaton rose* que j'adorais quand j'étais au collège ! Mais là, j'étais allée un peu trop loin... Je me suis excusée, et ils ont pu constater à quel point j'étais férue et... fêlée.
J'ai alors dit à Miyata : "Je suis capable de chanter toutes tes chansons." Il m'a demandé : "Par exemple ?" Et j'ai répondu : "Je possède toute la collection, je peux donc toutes les chanter par cœur. Mais celles que je préfère, c'est celles de la série *Rêve de millefeuille*." "Hein, vraiment ?!" Il n'en croyait pas ses oreilles...
Ces deux comédiens sont vraiment chouettes. Je les remercie d'avoir discuté un peu avec moi. J'avais tellement envie de les rencontrer ! Et maintenant, je vais faire de mon mieux de façon à pouvoir renouveler cette rencontre !

JE L'AIME, PLUS QUE QUICONQUE...
PLUS QUE TOI, DEPUIS TRÈS LONGTEMPS...
UN BEAU GARÇON ?
OU ALORS ?
UN TRISTE PASSÉ...
EST DÉVOILÉ !
LE GARÇON QUI A FAIT SA DÉCLARATION À MIIKO CACHE UN LOURD PASSÉ. MIIKO ET KAGURA ONT PRIS DES CHEMINS DIFFÉRENTS, QUE DEVIENDRONT-ILS ? NE MANQUEZ PAS LA SUITE DE CETTE HISTOIRE QUI S'ANNONCE ÉMOUVANTE !

ANNONCE DU VOLUME DEUX ★

Ayakashi Koi Emaki

– Le Manuscrit des illusions –

VOLUME 2

BIENTÔT DISPONIBLE !

AYAKASHI KOI EMAKI
- LE MANUSCRIT DES ILLUSIONS -

Volume 1

First published in Japan in 2008 by SHUEISHA Inc., Tokyo.
French translation rights in France and French-speaking Belgium, Luxembourg, Switzerland and Canada arranged by SHUEISHA Inc. through VIZ Media Europe, SARL, France.

6, cité Paradis - 75010 Paris
Site internet : www.editions-tonkam.fr
E-mail : ecrivez-nous@tonkam.com

Traduction, adaptation, lettrage et maquette : Éditions Tonkam

1re édition française : mai 2011

Achevé d'imprimer en France en avril 2011
sur les presses de CPI Aubin Imprimeur à Ligugé (Vienne)
Dépôt légal : mai 2011

ISBN vol. original : 978-4-08-846403-9
ISBN : 978-2-7595-0656-9